notas rotas
Paula Luersen

cacha
lote

notas rotas

Paula Luersen

Para Cristiane Löff

A FALHA	13
FLAMINGOS	14
FICAR	15
CONVERSA NO HOSPITAL	17
ATROPELADA	18
OUTRA CONVERSA NO HOSPITAL	19
LUZ ERRADA	20
MENINO DO RIO	21
PEQUENO INVENTÁRIO DE VALIAS	22
SANDÁLIAS	23
CRISE	26
SEM TÍTULO	27
CEM VIDAS	28
CONVERSA NA BANCA DE FRUTAS	29
TIA MENINA	30
A HORA EM QUE AVANÇAM AS NUVENS	31
AS LEIS DA FÍSICA (DO MEU MUNDO)	32
HISTÓRIA DO MOTORISTA DE APLICATIVO	33
UVA PASSA	34
PEQUENO INVENTÁRIO DE COISAS QUE NUNCA VEREMOS FUNCIONAR	37
O CONTO SE A LETRA	38
HISTÓRIA DA DIARISTA	39
ÉTANT DONNÉS	40
CONVERSA NA SAÍDA DO METRÔ	42
BERNARDO	43

DURANTE O ISOLAMENTO — PRIMEIRA SAÍDA	45
PESADELO	47
VERÃO PERPÉTUO	48
PEQUENO INVENTÁRIO DE ALEGRIAS	
MÍNIMAS NA QUARENTENA	49
DURANTE O ISOLAMENTO — SEGUNDA SAÍDA	50
IVONE	51
PEQUENO INVENTÁRIO DE SAUDADES	
SIMPLÓRIAS DURANTE A QUARENTENA	53
VIAGEM PÓS-ISOLAMENTO	54
CONVERSA EM CIDADE DE INTERIOR	55
HOMÔNIMAS	56
PEQUENO INVENTÁRIO DE SITUAÇÕES IRREPETÍVEIS	57
A CASA DA VÓ	58
CONVERSA NO AVIÃO	60
CAIAQUE	61
PARECENÇA	62
VISTA	63
ADELE BLOCH-BAUER	64
CUPINS	66
A ESPERA	67
INCONGRUÊNCIA	68
CONVERSA NA FEIRA DE ANTIQUÁRIOS	69
AS LEIS DA QUÍMICA (DO MEU MUNDO)	70
POEMA PERDIDO	71
IMPREVISTO	72

Sempre encaro a seriedade excessiva como algo meio ridículo. [...] No poema tento conseguir o efeito que na pintura se chama chiaroscuro, Gostaria que o poema contivesse o sublime e o trivial, as coisas tristes e cômicas — lado a lado, misturadas.

Wisława Szymborska,
tradução de Regina Przybycien

A FALHA

Júlia tinha os dentes mal dispostos na arcada, o que acreditava que não mudaria. Anos de tratamentos dentários e vários tipos de aparelhos para, num deslize do dentista que lhe tirou o contensor, tudo voltar à desarrumação que agora julgava sua. A mãe insistia para que tratasse aquela falha perceptível em qualquer sorriso.

Mas não gostava da ideia de voltar tudo ao lugar. Talvez organizar as coisas fizesse Júlia perder a capacidade de ver os seres arredios e silenciosos que se moviam pela casa. Uma lagartixa que surgia em torno de seus pés enquanto lia no sofá. Insetos que descobria em cantos escondidos dos móveis ou adivinhava dentro das paredes.

Sentia que a falha nos dentes a conectava com essa porção de vida que irrompe da pura desorganização. Ao ver e imaginar os pequenos seres, sabia serem a continuação de algo que começava ou terminava naquela imprecisão que lhe bagunçava decisivamente a arcada dentária.

Saí caminhando pelo Bom Fim. Dobrei numa rua infinita. Encontrei uma casa velha que tinha sete gatos brincando no telhado. Eu contei. Na calçada, três pares de pessoas comentavam que a chuva era para logo. Entrei numa papelaria e comprei duas canetas coloridas para escrever no meu calendário as coisas entediantes que eu precisava fazer e tinha esquecido de cumprir. Perguntei e a vendedora garantiu que as canetas não eram permanentes e eu podia apagar tudo o que escrevia. Comprei também uma caixa com estampa de flamingos. Odeio flamingos, mas adorei a caixa. A vendedora disse que foi ela quem fez. Elogiei a caixa. Ela agradeceu. Disse que também adora flamingos.

FICAR

Querendo escrever contra o que sou. Não contra o que acredito, pois de acreditar eu vivo e preciso dos meus personagens. Querendo escrever contra as minhas ações, um modo de ser e de tomar decisões fundamentais.

Eu queria tentar entender o mais profundamente que puder, o que é diferente de mim nos breves momentos em que me acho. Quando encontro algo que sei ser eu, porque só assim que eu soube viver. Como o fato de sempre partir.

Parto porque desejo as imagens do porvir. São imagens livres, porque a imaginação é livre naquilo que pouco conhece. Daí vem o seu delírio e a possibilidade aberta de ser outra coisa porque em outro lugar. Daí vem o seu delírio para o bem e para o mal. E o mal também me concerne.

Existe aquele momento em que o lugar novo é outro gosto. Ainda que eu já tenha figurado tantas imagens falidas. Imagens que fizeram contraste a uma solidão dolorosa. A invisibilidade do migrante. Sei que não devo confiar em imagens do porvir... encontrar o real é sempre uma experiência de desconexão.

Mas é nessas imagens que sigo confiando a cada vez que parto.

Surgem então as surpresas e a conclusão: o que o lugar novo tem de melhor é o que nele não se podia figurar. Como um animal que irrompe do verde e atravessa o lago em um parque onde não se sabia haver animais. A felicidade completa por surpreender, naqueles minutos, o bicho à vista, lânguido no sol.

Qual o mistério, qual a cor, que atmosfera define o ficar? Não busco o ficar por inércia. Quero a decisão de ficar. Quero a impermanência que ronda o ficar e não o vence. Já experimentei várias formas de ficar, mas não essa. Não tantas vezes a ponto de me encontrar nela. Quero saber da intuição que define o ato, e não do medo de ir. Saber do que se segue, porque para ficar é preciso ser outro. Ser aquele que ainda está.

Ficar é a atitude que elimina o ato de voltar. Essa distância tão estranha que é voltar, sobre a qual tantas vezes escrevi. Mas o que produz um ficar que é o oposto da estagnação? O momento em que não se sabe ir. O que produz o soluço, a vontade de ficar mais um instante?

Desconfio que eu só consiga chegar aos indícios. E nem busco qualquer tipo de realidade completa que, de todo modo, é farsa. Procuro saber o que se dá com a imaginação no ficar. Onde estão os espaços livres e as amarras. Que tipo de imagens se produzem a partir dessa escolha. Como se vai ao parque já prevendo o animal que aparece.

CONVERSA NO HOSPITAL

Duas senhoras, paciente e acompanhante:
— Ele me falou que na vida tem três coisas que a gente deve fazer.
— Hum.
— Pra gente ser uma boa pessoa. Ele falou que precisa fazer essas três coisas: ter um filho, plantar uma árvore e escrever um livro.
— Ah, Maria Helena! Eu acho que falam isso, mas é feito um causo. Tu não precisa fazer essas coisas na realidade. Tu tem é que enfrentar as coisas que são difíceis na vida tentando ser uma pessoa íntegra.
— Não, não. Parece que tem que ser isso! Ter o filho, no meu caso, já foi.
— Mas não faz sentido. E quem não sabe escrever? Pra fazer um livro tem que saber escrever. Tem que ter imaginação...
— Mas pode ser um livro da tua vida. Não precisa inventar. É só contar o que tu viveu. Dá pra fazer. Eu mesma já plantei uma árvore.
— Plantou?
— Sim, mas eu disse pra ele que me arrependo até hoje. Eu plantei um coqueiro na frente de casa. Mas eu não gosto muito daquele coqueiro.
— É. Pois é.

ATROPELADA

Júlia dizia que aquela era a melhor parte dos seus dias: a hora em suspenso, na ida para o trabalho, quando podia estar no ônibus, dentro de um livro. O problema foi que, no livro que lia dessa vez, logo pela manhã, a personagem com quem tinha se identificado desde o início, num passeio pela cidade, andando de bicicleta, foi atropelada. Foi arremessada. Um choque. Sem mais. Uma mancha de sangue no asfalto.

Júlia começou a chorar. Restavam alguns minutos até chegar ao destino final. Secava as lágrimas e elas voltavam a brotar.

Teve a ideia de espiar os capítulos seguintes em busca de outra resposta. Espiou. Era verdade. Ela tinha morrido.

Conseguiu disfarçar o rosto inchado quando chegou na empresa. Em seguida, trancou-se no banheiro e chorou por mais alguns minutos. Lá permaneceu até a sensação passar. Na saída, um colega, percebendo os olhos vermelhos:

— E essa cara já de manhã? Parece até que alguém morreu!

Júlia respondeu que sim. Em segredo, para si mesma.

Ao colega, não disse nada.

OUTRA CONVERSA NO HOSPITAL

As duas senhoras, paciente e acompanhante:
— Falei ontem com a minha sobrinha e ela disse que a minha casa tá feito uma Arca de Noé.
— Como assim, uma Arca de Noé?
— Tu não sabe o que é a Arca de Noé?
— Sim. Eu sei, mas...
— Eu acho que tu não sabe.
— Maria Helena, eu sei o que é a Arca de Noé!
— Será que tu sabe mesmo...?
— Claro que sim! Só não sei o que a Arca de Noé pode ter a ver com a tua casa!
— Se tu sabe, então diz!
— Ah...
— Diz.
— A Arca de Noé é um lugar com toda variedade de bicho!
— Tá bom. Agora sim.

LUZ ERRADA

Estavam em um cruzamento. Dali sairia o próximo ônibus. Esperavam em silêncio.

De um lado da rua, o posto de gasolina. Do outro lado, prédios altos. Em frente, uma concessionária envidraçada refletia o pôr do sol.

Eles não queriam se render ao término do dia. Não concordavam com a dramática troca de luz.

Sempre conversavam muito. Sobre vários assuntos. Não naquele momento.

Estradas e caminhos se interpunham entre as palavras.

Ainda assim teimavam em estar ali. Juntos, à espera.

A hora da partida se aproximava. Abraços desajeitados. Olhares que não ousavam fixar. Os carros cruzando o asfalto.

Eles num tempo parado.

Buzinas soando. Fumaça. Ardência nos olhos.

Não mais se veriam como antes.

E o maldito pôr do sol, agora intenso e vermelho.

Um quê de absurdo.

Nunca existiu, nunca vai existir, um lugar adequado para as despedidas.

MENINO DO RIO

Vesti o melhor tênis, encantada em te encontrar. Fui andar na volta do rio. O rio onde teus mergulhos. Brisa leve, água calma, o contorno prateado do rio. Muita gente, música alta, caso tu era só alegria. Dois sujeitos, um cigarro, nuvem cinza pelo céu. Grama fofa, trilha gasta. De repente, o azul. O azul da tua camisa. Mais um, menos um, talvez o teu rosto. Mas de perto, outros ombros. De teu, só o azul. Desde aí, em qualquer gente, todo azul era o teu nome. Passo curto, tempo vago, a chegada ao fim do rio. Outra rua? Outra música? A próxima. Duas? Eu queria enganar o tempo. Vazia ao redor. Sozinha de ti. Passou água, nuvem, hora. Passou e ninguém. Na próxima, avisaria. Diria a minha procura. Mas em tantos azuis, eu sabia: tu não tinha ido. Mas me compareceu.

PEQUENO INVENTÁRIO DE VALIAS

— alguns agudos no meio da canção
— a foto que vai além da imagem
— a dança a dois e sem medo
— o riso depois da piada interna
— as páginas do livro com a ponta dobrada
— o azul da piscina entre o fundo e a superfície
— a atmosfera de um show
— o segundo antes do gol

SANDÁLIAS

Eu dizia para ele que precisávamos conversar no caminho. Não tinha certeza se ele estava ouvindo. Pedia que nos apressássemos. Eu tentava me desfazer daquela presença insólita: a vontade de escrever e a certeza de que isso só aconteceria quando tivesse tempo de estar em frente ao computador, dando lugar às palavras. Os últimos tempos tinham sido de muito trabalho. E de nenhuma linha. No máximo alguns relatos no aplicativo do celular.

Saindo de casa começamos a caminhar em direção ao compromisso. Eu narrava o quanto sentia a necessidade de estar só, podendo dedicar tempo aos lugares onde os escritos me levavam. Foi então que a sola da sandália de um de meus pés começou a descolar. Eu seguia andando, tentava apoiar o peso do corpo no outro pé. Falava da falta que fazia a escritora em mim.

A sola da outra sandália dobrou-se ao meio e fez com que eu tropeçasse. Retomei o equilíbrio, continuei a caminhar, ainda tratando dos dias passados em que podia me perder no destino dos personagens, elaborar situações, procurar a melhor maneira de expressar o que eles estariam sentindo.

A essa altura as tiras das sandálias também cederam. As flores que decoravam o couro foram ficando pelo caminho. Os dois pés tocaram o asfalto.

Eu tentava relembrar o passeio imaginário por espaços inventados, o trabalho para conceber a postura de cada personagem nos lugares que os fiz habitar. Fazia muito tempo que tais espaços não vinham ocupar a superfície dos meus dias, confundidos no sem-fim de pensamentos práticos e vagos.

Agora era eu que ficava para trás na caminhada, impedida de alcançar o meu interlocutor. Seguia andando, porém. Em frente, descalça. Até sentir o asfalto tremer. Previ um abalo sísmico sutil e silencioso. Ele se apoderou do terreno em torno dos meus pés. Olhei em volta: a rua, os carros, as árvores altas. A vida comum que me impedia de escrever.

O asfalto rachou ao meio e começou a ruir. Um buraco o sugava. Pedras e piche caíam para dentro do espaço aberto, logo adiante. Eu continuava caminhando mesmo assim. Encarava o buraco extenso, sombrio e sem fundo. As pernas se moviam com rapidez, o passo era acelerado, a abertura estava muito próxima. No último minuto, senti o impulso de saltar e alcançar uma das bordas para seguir em terra. Mas meus pés descalços já pedalavam em vão e eu experimentava uma queda vagarosa. As flores, o asfalto, a rua, deixados para trás.

A queda era livre e lenta.

A escuridão começou a chover. Escorria, diluía as formas, encobria o entorno de breu. Tomava tudo o que fosse reconhecível. À medida que eu caía o escuro se tornava mais persistente. Foram minutos ou horas, um tempo além das escalas. Minutos, horas ou dias dentro da incerteza da queda.

Até sentir o baque. Meu corpo molhado de sombra. Sem lugar. O peito pulsando angústia. Não havia sol. Não havia direção. Não havia sul.

Tentava falar, mas o som não se expandia.

Chamava, mas a voz retumbava somente dentro da minha própria cabeça.

Eu respirava mal como se esperasse o susto passar. A queda tinha amortecido as pernas. Sentia, com alguma dúvida, que havia chão mesmo sem conseguir tocá-lo.

Eu respirava devagar como se esperasse ser salva. Sentia o ar gelado colado à minha pele.

Eu respirava fundo, como se esperasse o retomar do tempo. O entorno quieto me acolhia. Senti, com alguma dúvida, que vinha chegando até mim uma serenidade estranha.

Eu respirava o fundo.

Toquei o meu rosto, as roupas molhadas, o tronco. Os ombros, os braços. Cotovelos. As minhas mãos. Conferi cada um dos dedos.

O mais estranho foi apalpar, no bolso esquerdo da calça, um pequeno retângulo. Ao sacá-lo do bolso, surpreendi o celular. Consegui ligar a lanterna. Eu era um ponto luminoso tremulando na escuridão vasta.

Não havia sinal, mas a tela reluzia. Continuava cercada de um todo indiscernível. Já tinha me acostumado ao escuro.

Até perceber que aquele não era apenas um momento. Eu ficaria ali por um tempo incontável.

E só o que me restava era escrever.

CRISE

Odeio quando não sei o que fazer com algo que vi.
    Eu vi. Fui pega. Nada mais é a mesma coisa.
    Só queria algum jeito de continuar nessa sensação.
    Precisaria de uma paisagem impossível. Que serena.
Nada a informar.
    (A ilusão desse lugar onde as coisas perduram).
    Pensei em sair para caminhar, mas caminhar é já outra coisa. Caminhar é cheio de tudo.

    Criar lugares para jogá-los fora.

SEM TÍTULO

Ouvia a letra da música sem buscar um significado. Tentava sentir, antes, o que ela trazia do outro. Sabia do tremor que tinha atravessado o corpo do outro. Queria enxergar a cor de um dia que não tinha vivido, mas que lhe chegava de longe.
Via filmes sem esperar pelo final feliz. Sabia que o contentamento real sempre estava além das convenções.
Ao encontrar uma criança, sorria. Era comum que se arrependesse.
Planejava viagens sem ter como viajar. Depois ia dar voltas na quadra em torno de casa.
Tentava trocar de ponto de vista nas conversas a dois. Não para discutir argumentos, mas para perceber o que ressoava depois do outro calar.
Acreditava com frequência em frases prontas. Como aquela anotada na agenda: "Guarde a esperança em um lugar seguro".

Quando tinha oito anos, Júlia ganhou um Tamagotchi dos pais. Apegou-se ao novo brinquedo com ferocidade. Arranjou com as amigas um cordão preto para pendurá-lo no pescoço. Por semanas experimentou um sentimento de presença absoluta: o Tamagotchi estava sempre precisando de cuidados. Júlia tinha que selecionar as refeições, escolher as atividades que o manteriam ocupado, supervisionar as horas de sono. No final de três semanas, no entanto, veio o período de provas e já não era possível dedicar tamanha atenção ao brinquedo. O bichinho eletrônico se ressentiu e, em menos de dois dias, morreu. A menina entrou em desespero e levou o aparelho para o pai. Vendo a consternação de Júlia, o pai explicou que aquela era apenas a primeira das cem vidas que o jogo possibilitava. Reiniciou o brinquedo e mostrou que o Tamagotchi estava novamente ali, pronto para a diversão! Ao que Júlia respondeu que, embora parecesse, não era o mesmo bicho.

CONVERSA NA BANCA DE FRUTAS

Senhor e menina, ambos clientes:
— Já comeu esse papaya?
— Sim.
— É bem gostoso.
— É mesmo. Adoro mamão. Mas vou levar desse outro tipo.
— Por quê?
— Ah, porque é maior. Dura mais.
— Hum. Isso quer dizer que tu prefere passar mais tempo comendo um mamão ruim do que levar um melhor só porque dura menos?

O corpo dela estava um pouco emagrecido, mas era difícil crer naquilo que as imagens de dentro mostravam. Não parecia doente. Percebíamos que estava, porém, pela mudez repentina. Antes falava pelos cotovelos. Adorava falar bobagem. Devia ser perturbador se perceber assim tão quieta. Não haveria outra forma de se comportar, contudo, pois lhe faltava fôlego e disposição. Eu tentava fazer o papel de tagarela. Eu e as meninas. Conversávamos sobre o que viesse à cabeça mesmo não sabendo até que ponto ela estava lá. Mas aquela noite.

Aquela noite ela estava presente. Éramos só nós duas. Ambas caladas. O estar junto era um cafuné demorado. Ela gostava que eu mexesse nos seus cabelos e oferecia as palmas das mãos. Olhava em volta, deixando a cabeça relaxar. Até o momento em que se ajeitou na cama e fincou os olhos nos meus de um modo inescapável. Não de um jeito rude, mas insistente o suficiente para não deixar dúvida de que estava ali. Eu seguia fazendo cafuné, buscando um lugar para a calma. Seus olhos começaram a verter lágrimas. Senti que ela precisava dizer. Chorar era o único modo possível de dizer naquele momento.

Eu tentava entender. O choro sem emitir som. As lágrimas que escorriam. Eram os olhos mais tristes que eu já vira. Restava apenas apertar suas mãos. Eu não tive coragem de beijá-la. Não cabia um beijo. Era muito duro o que tinha a falar. Minha saída era acarinhá-la como queria ser acarinhada nas vezes em que sentia dor. Não sei se ela sentia isso. Que eu a olhava desse lugar. De dentro da dor. Acho que ela intuía. Eu me esforçava para alcançar.

Naquela noite eu soube um pouco o que era morrer.

A HORA EM QUE AVANÇAM AS NUVENS

O escuro da noite. Poucas luzes na cidade. A rua quieta, imóvel, a ponto de tornar tolo o asfalto e suas estradas.

Até a chegada do primeiro tom morno quando as cores começam a mudar. Os postes de luz se apagam. A paisagem se torna instável. Faixas coloridas atravessam o horizonte. São rápidas, voluntariosas. Vão do vermelho ao alaranjado. Do alaranjado ao cor-de-rosa. Do cor-de-rosa ao amarelo. Com momentos de claridade branca em meio à transformação.

Nuvens, pequenas e dispersas, formam o fundo. A última estrela ainda brilha, até mergulhar na amplidão colorida. Um carcará rodopia acima dos prédios. Tem início o canto dos pássaros.

Irrompe no horizonte a grandiosa nuvem fofa. Branca flutuação aérea. A rapidez com que ganha a paisagem é desproporcional. Resvala na direção de quem olha, tomando o oco do céu. A sua aparição inaugura um cinturão de nuvens maiores que avançam rápidas. Desmancham e formam contornos, num branco-cinza confuso. Ao mesmo tempo que estão presentes, são pura metamorfose.

Como pode uma coisa dessas, todos os dias, repetidas vezes, a cada início de manhã, ser imensamente majestosa e tão pouco percebida.

AS LEIS DA FÍSICA (DO MEU MUNDO)

A primeira teoria foi escrita entre 1903 e 1905 e proposta por Robert Musil:
"Sempre nos chega de modo simples, inteiriço, em proporções normais e naturais, aquilo que ao longe nos parece grande e misterioso. Tal como houvesse uma fronteira invisível em torno do ser humano. O que acontece fora dela e se aproxima de longe é como um mar povoado de vultos gigantescos e em constante mutação; o que se aproxima de qualquer homem, e se torna ação, e colide com a vida, é claro e pequeno, de dimensões humanas e linhas humanas. E entre a vida que vivemos e a vida que sentimos — adivinhamos, vemos de longe —, jaz como um estreito portão, aquela fronteira invisível, na qual as imagens dos acontecimentos têm de se comprimir para entrar no ser humano".

A segunda teoria foi publicada em 1962, por Guimarães Rosa:
"Tem horas em que de repente o mundo vira pequenininho, mas noutro de-repente ele já torna a ser demais de grande, outra vez. A gente deve esperar o terceiro pensamento".

HISTÓRIA DO MOTORISTA DE APLICATIVO

Eu sou de Salvador, nasci aqui. Quando fiz 17 anos resolvi que tinha que conhecer outros lugares. Tunei minha moto e fui pra Barreiras — fica aqui na Bahia, não sei por que eu escolhi lá, devo ter ouvido falar da cidade. Peguei o caminho mais comprido, eu não conhecia outro. Não tinha internet, essas coisas. Cheguei numa parte da estrada e me pararam. "Tem que pagar, é?" Era um pedágio. Eu nunca tinha saído da cidade, não levei dinheiro. Expliquei tudo e, na conversa, a moça me deixou passar.

Cheguei em Barreiras e não gostei. Mas na volta parei em outra cidade, um lugar pequenininho. Um dizia pro outro: "Esse aí vem de Salvador". Terminei sentado na casa de uma senhora com a família dela, comendo bolinho. Tavam até lavando a minha moto! Lá todo mundo se conhece e as ruas são retas. É plano, facinho de dirigir. Voltei de balsa, foi o que indicaram. Quando cheguei de viagem, parei a moto no topo de uma subida e fiquei olhando. Não é que Salvador era cheio de ladeira? Foi aí que eu vi.

Eu não tinha escapatória. Todo início de mês, eu precisava pagar o aluguel. Sim, todos precisamos. Mas o problema não era só o quanto custava para morar em um lugar onde fazer um furo na parede implicava em temer, no final do contrato, um engravatado dizendo: "Mocinha, teremos que orçar esse furo". O problema era ouvir, a cada mês, o filho da dona do imóvel repetir: "A doutora lhe receberá o mais breve possível". A doutora, advogada de carreira, dona do apartamento, estava sempre ocupada. Ainda assim exigia que o pagamento do aluguel fosse feito no escritório. Diretamente para ela. Em espécie.

Eu aguardava quase uma hora, quando o filho retornava para avisar que eu logo seria atendida: "O mais breve possível a doutora irá lhe receber". Assim que chegava a minha vez, eu buscava ser rápida. Ensaiava um roteiro na minha cabeça. O problema é que ela pedia que eu ficasse acompanhando a contagem das notas, como quem enumera as provas em um tribunal. Tudo isso em um silêncio nervoso, quando conferia, meticulosamente, a soma em dinheiro.

Não demorava muito para que eu anunciasse: "Estou com pressa, já vou indo..." Ela levantava os olhos, fazendo eu emendar: "...doutora". Claro que então já era tarde. A essa altura, ela tinha guardado o dinheiro na gaveta e tirado de lá um pote de uvas passas que mastigaria, uma a uma. Menosprezando a minha urgência e todos os meus compromissos — videogame, Sessão da Tarde — ela disparava: "O que você anda comendo, menina? Tão magrinha!". Sempre começava assim para chegar, de forma direta ou mais rebuscada, informal ou investigativa, à conclusão de que a anorexia era uma doença bastante grave. Ela olhava para mim e explicava os sintomas. Um a um. Eu já disse que ela era uma mulher meticulosa.

Certa feita tentei a explicação genética: "Na minha família todo mundo tem menos de cinquenta quilos". Ela não pareceu considerar. Com a repetição do ocorrido, cheguei a confessar que toda sexta-feira eu ia até o trailer da esquina de casa para encomendar um hambúrguer sabor bacon: "U.T.I. Lanches. Doutora, esse é o nome do trailer. U-Te-I". Eu sublinhava o fato de adicionar ao hambúrguer, no mínimo, dois sachês de maionese. Pretendia comprovar, assim, que eu gostava de comer. Não bem, mas muito. E qualquer coisa.

Mas ela era irredutível. Sabia arranjar novas recomendações para instruir meus hábitos alimentares enquanto mastigava, com toda a paciência do mundo, cada uma das uvas passas. Eu tinha que comer mais. Era prudente desistir da magreza. A anorexia deixava o corpo sem nutrientes.

Resolvi enviar, noutro mês, o meu irmão numa missão especial. Cabe informar que meu irmão é mais alto e mais magro do que eu. Ele foi pagar o aluguel e na volta para casa foi direto para o quarto colocar música. Perguntei ansiosa: "O que ela disse?". Ele era MAIS magro do que eu. "Tu pagou o aluguel?" Ele fez que sim com a cabeça e não disse mais nada. "O que ela falou?", insisti. Ele ficou sem entender. A doutora não tinha dito nada. "Só ficava mastigando umas coisas que tirava da gaveta depois de contar o dinheiro".

Naquela noite fui dormir fazendo planos de como mudar essa rotina mensal. Depois de muito pensar, resolvi tentar uma nova solução: exigir o boleto. Era a minha chance. Eu vibraria ao recebê-lo! Iria até o banco fazer o pagamento e tudo estaria resolvido.

Naquela noite, sonhei que meu irmão entregava uma conta impressa em minhas mãos. Eu seguia até o caixa automático (sim, meu subconsciente não estava muito criativo). Chegando no banco, dobrava os cantos do boleto, rasgava na linha pontilhada e quando olhava pro código de barras... não podia ser! Não eram linhas, não era nem mesmo um código, mas o resultado de um exame: ANOREXIA! Em letras grandes, estava confirmado! (O meu subconsciente a essa altura começara a trabalhar, vide a existência do tal exame.)

Sem entender, eu olhava o resultado impresso e as minhas mãos começavam a diminuir. Minhas unhas, meus dedos, meus braços, meu corpo rapidamente diminuía. Eu ficava cada vez menor. Pequeníssima. Mínima. Ainda menor. O boleto abandonava as minhas mãos. Flutuava de um lado para o outro até atingir o chão. O chão: lá estava eu. Eu tinha secado. Eu tinha me tornado quase nada. Reduzi ao tamanho de uma uva passa. Eu *era* uma uva passa. Diminuta. Mirrada. Seca. Uma uva. Passa.

Aos pés do caixa, eu havia encolhido. Meticulosamente.

PEQUENO INVENTÁRIO DE COISAS
QUE NUNCA VEREMOS FUNCIONAR

— máquina de café em ônibus
— colete salva-vidas em avião
— impressora em dia de entrega de trabalho
— a linha pontilhada que diz "abra aqui"
— falsete em karaokê
— a frase "não quero comer" dita de filho para mãe
— a frase "vai assim, tá bonito" dita de mãe para filho
— manequins com fins decorativos
— guarda-chuva em dia de vento
— leque em dia de calor
— arroz no saleiro
— produtos tira-mancha
— desodorante 24 horas
— slogan de funerária
— esteira em casa

O CONTO SE A LETRA

Teria de escrever u conto se a letra . O teclado às vezes tinha dessas. Do nada lhe tirava u a consoante, que no outro dia voltava a funcionar. Desconfiava que era o resultado dos seus descuidos: não conseguir ficar se co er enquanto escrevia. Pequenos farelinhos entrava por baixo das teclas e atrapalhava o circuito. Decidiu prosseguir se a letra, pensando na infinidade de palavras que ainda estava disponíveis. "Farelinhos", por exe plo.

O proble a era as interjeições: nos diálogos, ningué podia pensar alto ou reagir a u gosto bo . Nos contos, ficava vetado que escrevesse o no e da ãe. Não conseguiria ne sequer encioná-la.

Era possível escrever "não", as precisaria desistir do "si".

Tentou trocar " as" por "poré ". Só sobrou o "entretanto". uito co prido. Acabava co qualquer rit o.

Quanto aos substantivos: qual não foi a surpresa quando constatou ter se livrado, nu só lance, do " edo" e da " orte".

E certo sentido até gostou da prenda. Doía de ais, entretanto, abdicar da palavra "te po".

FI

HISTÓRIA DA DIARISTA

Sempre gostei de visitar museus. Lembro da primeira vez que fui com o ônibus da escola em uma exposição. Mas nunca me atraí por quadros desse tipo: paisagem, casas, flores. Eu gosto é de abstrato. Esses dias tava passando aqui na praça e mostrei pra minha filha uma forma numa árvore. Ela não conseguia ver. Mas eu sempre fui assim, de enxergar forma em árvore. A maioria das pessoas prefere os figurativos. Eu não. Sabe, eu era empregada de família, mas sempre que trabalhava por muito tempo na casa de alguém tinha vontade de mudar de emprego. Eu enjoava. Não me acostumava a ficar olhando todo dia pra cara das mesmas pessoas. Acabei virando diarista. Prefiro assim. Por isso eu acho que, se pudesse, não compraria um quadro como esse, de flores. Toda manhã, quando eu acordasse, continuariam sendo flores.

ÉTANT DONNÉS

Nunca tinha imaginado a sala escura que antecedia a porta. A maioria dos registros mostrava uma porta clara e iluminada. Foi preciso ficar por alguns minutos na sala antes do olhar se acostumar. Só então a porta se tornava realmente visível, bem como os dois furos em meio às tábuas irregulares.

A altura dos buracos exigia esforço, a adequação do corpo de quem se propunha a espiar. Ajeitada a postura, contemplava-se uma cena. A primeira sensação era a de incômodo. Via-se um corpo de mulher tendendo ao irreal: enorme, molenga, deitado. Esparramado. O volume do seio, a curva da cintura, um corte reto entre as pernas abertas. Permaneciam inacessíveis a face, o pescoço, os pés. Os limites. O olhar era atraído para as pernas abertas e longas, em abandono. Uma das mãos sinalizava o único lampejo de atitude do corpo: mantinha em suspenso um lampião aceso.

Recuando o olhar, enxergava-se uma parede de tijolos destruída em seu centro — indicativo de que a visão deveria prosseguir. Também um amontoado de gravetos secos, emoldurando de forma irregular o corpo estendido. Mais do que anunciar o tom campesino do conjunto — com uma paisagem bucólica ao fundo — os gravetos indicavam o potencial incendiário do que estava ali proposto. Voltava-se ao lampião, com sua chama acesa.

O corpo mole parecia vazar e o desconforto de ver a mulher apenas parcialmente conduzia à tentativa de uma mudança de perspectiva. O par de furos, entretanto, não deixava acomodar outro ponto de vista. Buscá-lo fazia lembrar do incômodo físico que era manter o rosto alinhado à madeira da porta. Nada comparável, porém, ao estranhamento causado pela visão do corpo da mulher, resistente à expectativa de completude. Poderia se supor morto (de que tipo de morte?) senão pela mão em riste sustentando a lamparina.

Outro elemento ressaltava quase ao mesmo tempo que o restante do conjunto. Ele parecia corroborar a paisagem ao fundo, o verde das campinas, o céu azul com nuvens brancas. Forçava uma espécie de tranquilidade, continuamente inconformada pelo corpo esparramado: uma pequena cachoeira corria em intenso brilho prateado no canto da obra. Ela emprestava um caráter idílico à cena, como a sossegar o desejo — esse incendiário — na cama fofa das paisagens belas e distantes. A cachoeira e seu brilho intermitente sugeriam o repouso do corpo tão aberto em postura, tão fechado em legibilidade.

A vibração da paisagem conferia ao conjunto uma espécie de singeleza, ainda que não superasse o estranhamento junto à figura da mulher, gigantesca em relação ao entorno. Quem sabe viesse da cascata o aspecto tranquilizador — e um tanto mentiroso — daquela visão.

Estaria aquela mulher ciente do ato de ser espiada? Afastei o rosto. Outras pessoas estavam na fila. Aguardavam pela descoberta. Dediquei um último olhar à porta, voltando para a escuridão relativa em que ela esperava. Saí com a impressão da solenidade que cercava o gesto de colar-se à madeira para fitar o corpo nu.

CONVERSA NA SAÍDA DO METRÔ

Filha e pai:
— Pai, por que tem uma folha no chão?
— Porque ela caiu da árvore.
— E por que ela caiu?
— É o ciclo da natureza.
— Hum.
— Ela seca agora. No verão ela fica na árvore. Bem verdinha.
— Agora não é verão?
— No Brasil é verão, mas aqui agora é inverno. Lá tem sol. Aqui só às vezes.
— É, não tem sol agora.
— É que é de noite, filha.
— Ah, então tem lua!
— Sim. Agora tem lua.
...
— Pai, e essa folha verde na árvore, por que ela não caiu?
— Deve ser porque ela é forte. Ou uma outra espécie.
— Ela é forte? Ah! Então ela comeu bastante comidinha?
— Isso. Isso.

BERNARDO

Hoje precisei perguntar para minha mãe como ele estava. Não fui capaz de vê-lo daquela maneira. Não queria aquela imagem.

Queria outra: ele rindo porque fomos ao cinema e o pai dele, meu tio, disse que não ia assistir ao filme porque não estava escrito que seria dublado: "Eu odeio legenda, não consigo me concentrar". Acontece que o filme era nacional. Dublado por natureza. Na sala de cinema, assim que começaram os diálogos, a gente não conseguia parar de rir.

Queria a imagem dele dividindo comigo a sombra e o silêncio do domingo. Olhando o transcorrer da pescaria fajuta durante o encontro no balneário.

Queria a cara simpática e amassada, quando eu passava para almoçar e ele levantava da cama só para fazer sala para a prima.

Eu sentia ele frágil, bonito, mimado e na dele.

Tive que perguntar como ele estava, porque fiquei angustiada com o que sonhei: eu no meio da multidão sem conseguir me mexer. Não sabia que, na mesma noite, se completavam dez anos desde a noite da boate.

Desenhei uma música para ele e para os meus tios. Ela fala do tempo que demora para arrumar uma gaveta. Arrumar o que fica no quarto, no roupeiro, em cima da escrivaninha quando alguém falta. Fabulei, escrevi histórias porque ainda não consigo entender. Não consigo dar conta do espanto que é não mais poder vê-lo. Publiquei um post e apaguei porque fico achando que só me diz respeito. Ou pior: que não vai mudar nada.

No canto do desenho que fiz tem um telefone que toca. Um telefone fora do gancho, que toca e não tem resposta.

Dele sai um som que desenhei, uma onomatopeia: tu, tu, tu. Fica repetindo, insistindo aquele som: tu, tu, tu.

No espaço do desenho, totalmente inventado, quem sabe fosse possível deixar uma mensagem. Só para dizer o quanto nós sentimos saudade.

DURANTE O ISOLAMENTO — PRIMEIRA SAÍDA

Saímos de casa usando máscara. Levávamos um tubo de álcool em gel e um medo vago. Todo o ritual que se impunha fortalecia a certeza de que era preciso cuidado. Mas foi engraçado como depois de elevadores, chaves, portas e grades, a natureza soube se impor. As árvores tão verdes, os troncos altos. A brisa no alto da rua.
A cidade tinha seus acasos. O modo com que cada passante carregava as compras. As rotas que era preciso inventar no meio da terra que tomou a pista durante os muitos dias de abandono.

Nem mesmo a casa tinha escapado ao susto daqueles tempos: um morcego se precipitando janela adentro, uma estante de livros tombando sem aviso.

Mas isso não se comparava às mil possibilidades que o lado de fora reservava a cada passo. Depois de semanas de rotina caseira, que falta nos fazia esse tipo de imprevisibilidade.

A presença da máscara era um constante aviso de que não estávamos livres. Seguíamos caminhando e vigiando o entorno. Até a ideia vir como um alento: escolheríamos as vielas que nos levassem até o mar. Com a caminhada, o tecido da máscara já acumulava suor e a subida pareceu mais íngreme do que em outros tempos. Não demorou, contudo, para que tudo se suspendesse em uma só vista: atingimos o alto do morro e lá embaixo estava a praia vazia.

O azul vibrava.
O mar era enorme.
Largo.
Imenso.
As ondas curvavam-se em brilho esverdeado até atingirem a margem e se desfazerem em espuma.

Ficamos ali, os dois, sentindo o vento, vendo o mar. Até percebermos que tínhamos dado as mãos. Olhei para o lado e vi os olhos dele sorrindo. Olhei para frente e a vista se alongava. Mas tudo parecia muito mais próximo do que da última vez. Não precisávamos ir até a beira, vencer o gelado da água, trancar a respiração. A paisagem nos mergulhava. A sensação era aquela leveza do corpo quando totalmente submergido, como se as coisas subissem lentamente para, feito pequenas bolhas, alcançarem a altura dos olhos.

Tudo era extremamente luminoso e tinha cheiro de sal. Não sei quanto tempo ficamos ali. Mas naquela tarde, mais do que em qualquer outra, eu entendi Caymmi.

PESADELO

Estavam no meio da preparação para um espetáculo. Ela e o irmão, apressados, não queriam perder o início da apresentação. Para entrar era preciso se desfazer das mochilas. Deixar para trás o peso. E quando deixaram as mochilas no quarto, sentiram novas mochilas surgirem nas costas. Foram deixá-las em outro quarto, do qual saíram vestindo outras mochilas. Para tentar deixar de novo em outro quarto. O peso ainda e de novo lembrando a gravidade que agia sobre o corpo.

Ao virar de lado, ela estava à espera do espetáculo, agora ao lado dos pais.

Músicos afinavam instrumentos em um ginásio. Atravessava o lugar maravilhada com tanta gente perdida em melodias. Mas o espetáculo não tinha início.

E já não era uma apresentação. Não estava em um ginásio. Era um estádio de futebol lotado. Olhava em volta, sentindo o calor da multidão, a vontade de gritar alto. Até lembrar, subitamente, que todos deveriam se afastar. O irmão estava de novo ao seu lado. Deveria se afastar dele também. Ambos enxergavam o campo pequeno lá embaixo. Lá longe. Assim como de longe olhavam a rua, de suas janelas cansadas.

VERÃO PERPÉTUO

Verão perpétuo não tem graça.

PEQUENO INVENTÁRIO DE ALEGRIAS
MÍNIMAS NA QUARENTENA

— café recém-aberto
— disposições alternativas para os móveis
— os trejeitos reconhecíveis dos amigos na câmera
— o jeito engraçado que a chamada de vídeo travou
— livros caídos atrás da estante
— cantos inéditos dos pássaros
— séries sobre animais estranhos
— pilsen gelada com limão
— bolo de chocolate
— fotos revisitadas
— sonho bom
— soneca
— escrever
— o céu

DURANTE O ISOLAMENTO — SEGUNDA SAÍDA

No gramado do Morro do Cristo, um cachorro brinca com a água que esguicha do sistema de irrigação. Corre em círculos, rola na grama. Alegria, alegria!
    Na calçada, pessoas saem em busca de sol e andam de bicicleta. O vendedor insiste no grito abafado pela máscara: "Água, água!".
    Juntamente com a areia da praia, o céu claro colore o dia. Horizonte azul, de ponta a ponta. Mais uma das vezes em que o mar se encontra completamente vazio. Azul, verde e vazio. Bonito e triste. A água forma piscinas transparentes junto às pedras, o lugar onde as crianças costumavam se reunir para brincar.
    Fecha os olhos e imagina a praia cheia: biquínis estampados, chinelos perdidos entre guarda-sóis. A beleza fácil da paisagem. O erotismo involuntário dos corpos. O estar junto com cheiro de protetor solar. Gente correndo para a água, furando e pulando onda. Gente querendo só a beira, para sentar e estar. Gente encarando a água revolta e esperando a onda estourar para que o frescor alcance os pés.
    Axé e funk competindo com a maré. Gritos: água, água! Acarajé e abará! Uma criança chorando, derrubada por uma onda. Uma menina rindo alto. Depois, xingando alto.
    Abre os olhos e o vazio. O mar é azul, verde e vazio.
    Mas o azul é tão intenso e o verde, tão claro que sente que bastam. Por um momento.

    Em seguida, volta a sentir saudade do alvoroço da praia. Alegria! Alegria!
    Algum dia.

IVONE

Essa é a história de Euonymus Japonicus, um pequeno arbusto verde-amarelado que, após ter o nome abreviado para Evônimo, ficou conhecido entre os brasileiros como Ivone. Sim, Ivone! Ninguém escapa à mania nacional que é gostar de apelidos tortos. Nem mesmo as plantas.

Pois bem, dedico esse texto a uma planta, pois tendo em vista a quarentena infinita, tem sido mínimo o meu convívio com seres de minha espécie, ao que me restam os outros seres vivos da casa, incluindo os ácaros. Sublinho que tenho compartilhado os dias com muitos ácaros, tendo em conta que, em plena quarentena, mesmo com a clara necessidade de estar em casa, outros seres humanos de minha espécie decidiram que era hora de fazer uma reforma no prédio onde vivemos — os mesmos humanos, insisto, que deixaram os seus lares para trás e foram se refugiar em outros apartamentos onde não tenham notícia da reforma que eles mesmos resolveram fazer. A reforma que eu, sem outro lugar onde possa ir, estou atravessando.

Mas voltando a Ivone, o motivo principal desse texto, eis que ela começou a apresentar, em certo momento, sinais de tristeza. Suas folhas mudaram de cor e passaram a cair. Nada mais natural, pensei eu, frente aos tempos brutais. Eu mesma já me senti com humores alterados, levemente esverdeada ao sabor das notícias.

Mas então lembrei da obra no prédio e do pó que fez com que outro ser humano, habitante do mesmo apartamento que Ivone e eu, começasse a tossir e espirrar — evidentes sinais de rinite. A rinite, como reação alérgica, costuma ter a ver com os ácaros e pensei se Ivone, em sua quietude vegetal, não estaria recalcando um espirro e, em consequência, perdendo suas folhas.

Foi então que identifiquei, entre os ramos da planta, finíssimas linhas translúcidas e pequenos pontinhos brancos moventes. Sim, Ivone estava reagindo aos ácaros que fizeram de suas folhas verde-amareladas um tipo de lar.

Como um bom ser humano, injusto por excelência, me esforcei em combater os ácaros e salvar a personagem-título do texto. Ironicamente, os blogs de jardinagem que consultei indicaram a retirada de Ivone do ambiente em que costumava estar para colocá-la em quarentena. Sim, em quarentena.

Pobre Ivone. Nem vou comentar que "quarentena" é apenas um apelido torto que nós, seres humanos, conferimos a bem mais do que quarenta dias.

PEQUENO INVENTÁRIO DE SAUDADES
SIMPLÓRIAS DURANTE A QUARENTENA

— comer pastel de feira
— fazer piquenique na grama
— tomar cerveja no bar
— filar chá e café cortesia
— ouvir conversa de estranhos
— ler o que diz nas camisetas das pessoas
— perceber o que as crianças fazem na fila enquanto esperam os pais
— sentir cheiro de pipoca doce na esquina
— ver gente de namorinho nos lugares
— levar tombo de comédia pastelão
— achar um lugar por acaso
— afofar cachorro de rua
— descobrir um novo atalho
— me perder

VIAGEM PÓS-ISOLAMENTO

Levei um número desnecessário de blusas e só uma bermuda. Na bolsa, botei quatro colinhas, mas esqueci a escova de cabelo. Também não lembrei do pijama — o mais provável é ter esquecido que era possível dormir fora da minha própria casa.

Levei dois tênis para fazer trilha. Um descolou a sola por conta do tempo sem usar. No ônibus, bem antes de chegar na trilha.

Levei dois tubos de protetor solar. Um para o rosto, outro para o corpo. Antes da trilha esqueci de passar. Voltei para casa faz dois dias e continuo com a cara vermelha.

CONVERSA EM CIDADE DE INTERIOR

Seis e meia da manhã, o meu celular:
— Alô.
— Ramiro, já estacionei o caminhão aqui na rua, pode vir buscar tuas ovelhas!
Desliga.

De tempos em tempos, recebo notificações por e-mail informando sobre os artigos escritos pela outra Paula Luersen. O e-mail pede que eu confirme se sou a verdadeira autora da publicação. O último artigo era intitulado: "Optimization of protein extraction from microalgae grown in wastewaters: effect of operational variables of alkaline hydrolysis". Várias vezes já fui assaltada pela ideia de dizer que sim, fui eu que o escrevi. Sempre me interessei por biologia e adoraria ser a pessoa que sabe escrever papers desse tipo. São coisas interessantíssimas e fico pensando se a outra Paula também recebe as minhas publicações sobre arte e literatura e o que acha delas. Vai ver é uma artista frustrada e a gente troca de corpo quando dorme e vive um espaço-tempo duplo e compartilhado. Daí a minha predileção por documentários que investigam a vida dos animais. E uma possível reprodução de Monet pendurada na parede do laboratório onde ela trabalha. A vida acadêmica, essa safada, vai ser a grande responsável por desvendar essa dobra no tempo.

PEQUENO INVENTÁRIO DE SITUAÇÕES IRREPETÍVEIS

— fazer aulas de tênis com cupom do Peixe Urbano
— ler Moby Dick pela primeira vez
— ver Philip Glass tocar de graça no Theatro São Pedro
— ir parar na Emergência fantasiada de Janis Joplin
— torcer no 7 a 1
— cantar no karaokê com um casal de noivos desconhecidos, os convidados da festa e dois moços que acabaram de cair de moto na frente do bar

A CASA DA VÓ

A casa da vó tinha calendários espalhados pelas paredes. De todos os anos, presentes e passados. E era quase como se mostrassem todos os tempos que a casa atravessou: a construção pelo vô, antes de qualquer outra casa nas redondezas; os anos trabalhando para manter a casa em pé; a época de terem cada filho e de criarem todos eles; o momento de vê-los partir. E então a casa abria as portas para os netos e bisnetos, quando já era tempo de envelhecer, hora do adeus de um, da persistência do outro.

A casa da vó tinha um chão de madeira que refletia cada móvel. E era como se cada um deles fosse um pouco todos nós: o meu vô era a poltrona na sala, a TV, o relógio. O prato na mesa esperando o almoço. O vô era as próprias paredes. A vó era a roseira na frente do pátio, o fogão à lenha, o rádio ligado. Era as portas e as janelas sempre abertas para a rua. Os filhos eram cada recanto, pois a casa crescia à medida que eles eram postos no mundo. Os netos eram as almofadas, as lajotas da calçada da frente, o banquinho na sombra da árvore aos domingos à tarde.

A casa da vó tinha gosto e tinha cheiro do que foi crescer. E era como se cada sensação remetesse a uma parte da vida: o quarto de manhã com a luz entrando, doce de pão com margarina e açúcar, tudo para alegrar as crianças; o pátio com cheiro de chuva, eu e meu irmão jogando bola ainda crianças, enquanto a vó benzia a tormenta; a sala de janta salgada da sopa que eu custava a admitir ser a minha favorita em tempos de adolescência; as uvas azedas na varanda da frente e eu alcançando os cachos já adulta; e ainda tinha o pão de queijo, o pão e o leite que nunca faltariam para os filhos, para os netos, para quem "se chegasse" dividindo o chimarrão.

A casa da vó ecoava o nome de todos os filhos. Porque antes de chamar por um, a vó tinha que chamar por todos. E era um tal de Tête, Nona, Bárbara... Neli! Marcelo, Bernardo, Paulo... Guilherme! A mim ela chamava de "Chica" e então "busca lá a caixa de fotos". Porque ela gostava de ficar em roda das lembranças. Ela me dizia as cores das fotos que só me apareciam em preto e branco, e era fácil de imaginar... tudo se passava naquela mesma casa. Já velhinha, a casa da vó.

Ainda é mais fácil para mim escrever sobre a casa do que escrever sobre a minha vó. A casa ainda está lá.

E chegando lá, os sininhos tocariam assim que eu atravessasse a soleira da porta. O rádio estaria ligado, o chinelo já a postos para eu não ficar de pé no chão. Ela diria: "Chica, senta aqui com a vó!" e seguiria contando e falando de filho, neto, vô, vizinhos e amigos. Gostava de gente a minha vó! E eu lhe daria um abraço bem apertado e bem comprido e diria qualquer besteira para fazê-la rir. E seria ela rindo cercada do relógio, do fogão, dos recantos da casa e das almofadas. Cercada da passagem de todos nós, porque isso era a casa. A casa de todos nós é o que era a casa da vó.

CONVERSA NO AVIÃO

Duas crianças descobrem uma à outra, ao final do voo, um banco em frente ao outro:
— Ô menininho! Você gosta de voar?
— Eu gosto!
— Eu também! Onde é que você mora?
— Mãe, onde que eu moro?
— Em Minas Gerais — ela responde.
— Em Minhas Gerais!
— Sabia que eu vi no shopping um foguete espacial?
— Um foguete espacial! Queria ver.
— Sim! E lá na sua cidade, onde os crocodilos moram?
— Eu acho que no lago.
— Aqui eles moram no céu.
— Huuum.
— Ô menininho! Você viu no avião uma pessoa com a cabeça de pudim?
Os dois dão risada.
— Não! Eu vi um homem com cabeça de bunda.
Riem novamente.
— Cabeça de pudim!
— Cabeça de bunda!
— Cabeça de pudim!
— ...
— Agora é sua vez!
— Eu não posso mais falar. A minha mãe não deixa.
— Então eu falo: cabeça de bunda!
Trocam gargalhadas.

CAIAQUE

Não nos conhecíamos, mas pedi que ele cuidasse do livro, da canga, da sacola e do tênis, enquanto eu entrava no mar. Com uma cara simpática, ele disse: "Claro!".
A água estava ótima. Devo ter ficado uma hora nadando.
Na volta ele me chamou: "Tudo certo aqui!" e eu, que levei tanta coisa, esqueci dos comentários banais para seguir a conversa. Agradeci e voltei ao livro. Ele sorriu.
Depois o vi na beira da praia, junto com a namorada, ambos de colete salva-vidas, na volta de um caiaque. O instrutor, um homem de calção até o joelho, estampa puída da bandeira dos Estados Unidos, explicava o passo a passo para que o caiaque não afundasse. Eles tomaram seus lugares e, com um empurrão, superaram a primeira onda.
Depois de remar um pouco — os acompanhei de longe — ficaram por um tempo no meio do mar calmo. Olhavam em direção ao horizonte, parados. Apreciavam a vista.
Tem vezes que as pessoas só são legais.

PARECENÇA

Os amigos de quem gosto, quando conversamos, todos temos a mesma idade.

VISTA

Subimos ao topo de uma montanha. Não feito grandes aventureiros que deixam uma bandeira no cume. Como aventureiros menores que somos, sempre incrédulos de que certas coisas se tornaram possíveis até para quem não tem preparo físico. Conforme subíamos, entre bondinhos e caminhadas, veio a sensação de incredulidade. E outra, de propósito. De que a vida faz mais sentido quando estamos em viagem. Ambos numa conversa sobre os lugares de onde viemos, como chegamos até ali — o início da gente que não sai da cabeça. Qualquer um pode alcançar, daquela maneira, o topo de uma montanha. Éramos dois entre tantos. Mas aquilo era especial para nós. Lá em cima, a amplidão da vista, o vento forte, o cru da paisagem. A dureza e a idade incontável da rocha. O avistar dos corvos voando, mínimos, em torno daquele mundo inteiro de pedra. Os bichos indo e voltando do branco, furando a neblina espessa. Ficamos imaginando tudo o que os corvos veem no voo, o que não cabe nos nossos olhos. Mas aquela vista do topo, aquela sim, era dos corvos, mas também era nossa. Pelo menos até onde as nuvens permitiam ver. E antes de tudo, era dela própria. Da montanha em si, aquela vista.

ADELE BLOCH-BAUER

Não era exatamente o brilho dourado da tela que me comovia — ainda que eu não tivesse visto ainda, em pintura, um dourado tão intenso. O meu espanto vinha do contraste entre o ambiente na tela — em seu ouro suntuoso e floreios decorativos — e a hesitação no rosto da mulher, contornado em finos traços. Havia a explosão da cor em formas e elementos quase festivos; e a ansiedade de um par de mãos que pareciam não encontrar um lugar de repouso. Mãos que tocavam-se nervosamente, em linhas desenhadas. Estranho arranjo de linhas. O quadro trazia a pose imobilizada por uma aparência de luxo. O corpo e o fundo, uma coisa só. Mas frente àquelas mãos o dourado passava a soar um luxo quase indevido. Uma cena preparada, composta para resplandecer, sem que o rosto ou as mãos corroborassem o enunciado.

Seria exagero dizer que aquele rosto e aquelas mãos estivessem tomados por uma apreensão? As mãos unidas numa posição incomum, a linha fina que contornava a fronte simétrica, o colar adornando (apertando?) a extensão do pescoço. Olhando para a história da tela, confiscada pelos nazistas da casa dos Bloch-Bauer, uma suspeita: estaria eu vendo naquele rosto o destino do objeto? Eu sabia de antemão que o quadro tinha sido uma das obras roubadas durante a Segunda Guerra da família judia, informação que guiava o meu olhar. Mas só soube naquele momento, enquanto observava, do rosto de Adele. Escancarado de prazer em outra tela. Ali destituído de seu poder de desafiar.

Abandona-se a tela com a sensação do não dito, para além das folhas de ouro e do encantamento encenado. Abandona-se a tela procurando que o brilho também alcance aqueles lábios ligeiramente entreabertos. Leva-se junto o suntuoso vestido. O dourado alucinante. A inconformidade das mãos. Um rosto frágil em saber esconder. A ruína dos tempos.

CUPINS

À primeira vista a casa tinha um ar de solidão, quem sabe pelas heras secas que subiam paredes. Ou pelo portão derrubado, coberto de musgo escuro. Não me causava medo, mas uma vontade incontrolável de entrar.

Continuava sendo enorme, colorida, vertical. Não tinha portas ou janelas, mas paredes cheias de palavras pixadas – uma casa dobrada para fora.

Lia-se o registro de guerras que aconteciam longe dali. Lia-se em letras grandes a frase provocativa: "case com um borracho".

Mas talvez o detalhe mais estranho fosse a placa trazendo a profissão da antiga dona: uma engenheira civil. Hoje, ao gosto do tempo, uma engenheira de ruínas. Que já não subia degraus. Já não repousava à janela. Já não batia portas ou falava com os vizinhos.

Na cidade, todos julgavam que a casa estava ficando feia. Que, se continuasse assim, estragaria a vista do bairro. Eu gostava daquela presença, ainda mais do que antes. Tinha um ar de punk velho – mais velho ainda porque hoje tudo é controlado demais para ser verdadeiramente punk.

Não é todo mundo que sabe aceitar a ruína. Não é todo mundo que suporta sucumbir de janelas abertas. Embora todo mundo morra um pouco a cada dia. A casa também morre, mas elegantemente. Aceita o tempo da ferrugem, o acúmulo de folhas secas. Acolhe uma nova engenharia, bem a ver com os tempos atuais.

A casa ainda estará lá quando o entorno for destruído. Sustentará o trabalho de morrer, enquanto a cidade desmorona, desacreditada do rumor dos cupins.

A ESPERA

Eu queria saber dizer algo que nunca tinha dito. Olhávamos uma paisagem ao longe.

O mar exibia três tonalidades de azul. A onda formava uma espuma fofa, branca e passageira, depois da ruidosa explosão nas pedras.

Há mais de dez anos conversávamos em caminhadas como a que tinha nos levado até ali. Nos conhecíamos tanto, mesmo sendo outros em cada época da vida. Eu só queria saber dizer algo que ele nunca imaginasse que sairia da minha boca. Algo inédito, novo. Palavras que alcançassem a refrescância daquela vista.

Palavras que fossem capazes de deixá-lo quieto antes de responder. Ao falar, porém, mesmo querendo soar nova, retumbavam os mesmos problemas, as mesmas fórmulas. Sem palavras azuis. Somente a espuma. Ainda que eu lutasse para sair de mim diante daquela vista. Ainda que quisesse dizer coisas que nem eu mesma compreendesse. Consegui, num esforço máximo, formular esse querer.

Seguimos os dois ali, quietos. Lado a lado. Esperando que nos atingisse um outro tipo de densidade.

INCONGRUÊNCIA

Meus pais chegaram ao destino com antecedência depois de semanas de extremo nervosismo. Pergunto para a minha mãe se aquela primeira viagem de avião havia sido tão apavorante quanto o imaginado:
— Filha, não tem vento na cara. Não trepida. Eu dormi. Uma tranquilidade só. Achei uma paz. Sabe, no fim da viagem, cheguei à conclusão de que eu deveria ser rica.

CONVERSA NA FEIRA DE ANTIQUÁRIOS

Vendedor e curiosa:
— Moço, gostei desse palhacinho. Quanto custa?
— Tá dois mil e quinhentos reais.
— Não. Esse aqui, moço! Quanto é?
— Dois mil e quinhentos reais. É porcelana espanhola.
— Desculpa.

AS LEIS DA QUÍMICA (DO MEU MUNDO)

A primeira teoria é de Kurt Vonnegut, lançada em 1973:
"Se uma pessoa para de viver de acordo com as expectativas em virtude das substâncias químicas erradas ou alguma outra coisa, todo mundo continua imaginando que aquela pessoa está vivendo de acordo com as expectativas mesmo assim. (...) Suas imaginações insistem em dizer que ninguém muda muito de um dia para o outro. Suas imaginações são peças de uma engrenagem dentro de uma máquina avariada".

O segundo postulado, de José Eduardo Agualusa, se intitula "A Substância do medo" e foi publicado em 2012 no livro *Teoria Geral do Esquecimento*:
"Certas cores não deveriam ocorrer num céu saudável".

POEMA PERDIDO

Júlia ouviu, certa manhã, a locutora ler no rádio os escritos de Angélica Freitas. Entre os poemas, um falava da menina que convidava o garoto para subir. Chegando ao corredor que levava ao apartamento, eles conversavam. Eles se abraçavam. Ela se despedia e fechava a porta. Entrava em casa, tirava a roupa, tomava banho, buscava a toalha, secava os cabelos, fazia a janta, comia a janta, vestia o pijama, deitava para dormir. O menino, a essa hora, ainda imóvel no corredor. Os olhos cravados na porta.
    Júlia não sabia dizer o que achara mais bonito: se o poema, se a leitura na rádio. Ou o fato de tê-lo escutado em uma quarta-feira, inesperadamente, indo pro trabalho.
    Buscou no Google por Angélica Freitas poema porta. Poema secador de cabelo. Tentou os livros dela na livraria, mas não encontrou nada parecido. Mandou e-mail para a locutora da rádio. Ela nunca respondeu.
    À noite, Júlia imaginava o menino do lado de fora da porta. Ficava preocupada que ele morreria lá, parado, se ninguém virasse a página.

IMPREVISTO

Decidi sair e caminhar para gastar mágoas. Levei comigo um caderninho e uma caneta. Na primeira tentativa de escrita, a tinta da caneta não fluiu. Como se ela dissesse baixinho: "Não escreve. Vê".
    Vi um ninho de passarinho feito de palha seca. Vi um catador reformando o carrinho com fita adesiva colorida. Passei por uma praça sem graça, de nome Hilário. Surpreendi dois lagartos descendo de uma árvore. Espreitei todas as sombras para dormir à tarde. Avistei de longe um cachorro invadir o mar e pular ondas para brincar com seu menino.
    Da caminhada sobraram observações. E uma caneta que foi pro lixo. Mas nenhuma ideia forte.
    Ao contrário daquela vez em que, viajando de ônibus, no meio da madrugada, surpreendi uma ideia que soou incrível. Com pressa, encontrei na mochila uma caneta. Mas não consegui achar um pedaço de papel. Terminei por desmontar, nervosamente, uma caixa de creme dental para rabiscar a ideia no verso. O problema foi que, depois da viagem, não encontrei mais a caixa. E quando tento lembrar da ideia, uma única palavra vem à mente: "Colgate".

CARA LEITORA, CARO LEITOR

A **Cachalote** é o selo de literatura brasileira do grupo **Aboio**. Lemos, selecionamos e editamos com muito cuidado e carinho cada um dos livros do nosso catálogo, buscando respeitar e favorecer o trabalho dos autores, de um lado, e entregar a vocês, leitores, uma experiência literária instigante.
Nada disso, portanto, faria sentido sem a confiança que os leitores depositam no nosso trabalho. E é por isso que convidamos vocês a fazerem cada vez mais parte do nosso oceano!
Todas as apoiadoras e apoiadores das pré-vendas da **Cachalote**:

— têm o nome impresso nos agradecimentos dos livros;
— recebem 10% de desconto para a próxima compra de qualquer título do grupo Aboio.

Conheçam nossos livros pelo site **aboio.com.br** e siga nossos perfis nas redes sociais. Teremos prazer em dividir com vocês todos nossos projetos e novidades e, é claro, ouvir suas impressões para sempre aprendermos como melhorar!
Embarque e nade com a gente.
Cada livro é um mergulho que precisa emergir.

APOIADORAS E APOIADORES

Agradecemos às 225 pessoas que confiaram e confiam no trabalho feito pela equipe da **Cachalote**.
Sem vocês, este livro não seria o mesmo.
A todos os que escolheram mergulhar com a gente em busca de vozes diversas da literatura brasileira contemporânea, nosso abraço. E um convite: continuem acompanhando a **Cachalote** e conheçam nosso catálogo!

Adir de Oliveira
    Fonseca Junior
Adriane Figueira Batista
Alberto Horta Saalfeld
Alecsander José
    Domingues
    Fernandes
Alércio Pereira Júnior
Alexa Fedynsky
Alexander Hochiminh
Allan Gomes de Lorena
Amanda Strussmann
    Ott Mayer
Ana Carla de Brito
Ana Carolina Teles Garcia
Ana Flávia Baldisserotto
Ana Helena Amarante
Ana Luiza Oliveira
Ana Luiza Tonietto Lovato

Ana Maiolini
André Balbo
André Pimenta Mota
Andreas Chamorro
Ângela Maria Novotny
Angelica Teixeira
    Gonçalves
Anna Martino
Anthony Almeida
Antonio Luiz
    de Arruda Junior
Antonio Pokrywiecki
Arthur Lungov
Aurea Almeida Rech
Bianca Monteiro Garcia
Bruna Barros
Bruna Castro
Bruno Coelho
Caco Ishak

Caio Balaio
Caio Girão
Calebe Guerra
Camila Gonzatto
Camilo Gomide
Carla Guerson
Carla Paulo
Carlinda Valdez Saldanha
Carlos Alberto Donaduzzi
Carolina Moraes Marchese
Cássio Goné
Cecília Garcia
Charline Dassow
Cintia Brasileiro
Claudine Delgado
Cláudio Jansen Ferreira
Cleber da Silva Luz
Cristiano Adriel Reichert
Cristina Machado
Daiana Schröpel
Daisy da Silva César
Daniel A. Dourado
Daniel Dago
Daniel Dourado
Daniel Falkemback Ribeiro
Daniel Giotti
Daniel Guinezi
Daniel Leite
Daniel Longhi
Daniel Schwochow Blotta
Daniela Rosolen
Daniele Costa

Danilo Brandao
Débora Curti
Denise Lucena Cavalcante
Dheyne de Souza
Diogo Mizael
Dora Lutz
Douglas Kiefer
Edemar Wilson Schmitz
Edneide Cerqueira
   de Oliveira Santos
Edson Luiz
   André de Sousa
Edson Wilmar Schmitz
Eduardo Rosal
Eduardo Valmobida
Elida Tessler
Emilie Santana da Silva
Enio Schmitz
Enzo Vignone
Ethiene Furtado
   Nachtigall Decker
Fábio Franco
Febraro de Oliveira
Fernanda Martinez Tarran
Flávia Braz
Flávio Ilha
Francesca Cricelli
Francieli Regina Garlet
Frederico da C. V. de Souza
Gabo dos livros
Gabriel Cruz Lima
Gabriel Silva Batista

Gabriel Stroka Ceballos
Gabriela Gelain
Gabriela Lopes
　Vasconcellos
　de Andrade
Gabriela Machado Scafuri
Gabriela Narumi Inoue
Gael Rodrigues
Giselle Bohn
Gislaine Flor
Glaucis Almeida
Guilherme Belopede
Guilherme Boldrin
Guilherme da Silva Braga
Gus Bozzetti
Gustavo Barrionuevo
Gustavo Bechtold
Helio Fervenza
Henrique Emanuel
Henrique Lederman Barreto
Isadora Machado
Ivana Fontes
Jacqueline Amadio
　de Abreu
Jadson Rocha
Jailton Moreira
Jaqueline Silva
　do Nascimento
Jefferson Dias
Jennifer de Oliveira Gomes
Jessica Ziegler de Andrade
Jheferson Neves

João Luís Nogueira
Júlia Gamarano
Júlia Vita
Juliana Costa Cunha
Juliana Slatiner
Juliane Iglesias Hendges
Júlio César
　Bernardes Santos
Karen Thiele Campos
Laís Araruna de Aquino
Lara Haje
Laura Redfern Navarro
Lauro Iglesias Quadrado
Leitor Albino
Leonardo Pinto Silva
Leonardo Zeine
Lili Buarque
Lolita Beretta
Lorenzo Cavalcante
Lua Nina Plácido Sampaio
Luana Alt
Luana Patrícia Marmitt
Luca Nogueira Igansi
Lucas Ferreira
Lucas Lazzaretti
Lucas Verzola
Luciano Cavalcante Filho
Luciano Dutra
Luis Felipe Abreu
Luísa Machado
Luiza Leite Ferreira
Maíra Thomé Marques

Manoela Machado Scafuri
Marcela Roldão
Marcelo Conde
Márcia Maria Portela
    de Santana
Marco Bardelli
Marcos Vinícius Almeida
Marcos Vitor
    Prado de Góes
Maria de Lourdes
Maria Fernanda
    Vasconcelos
    de Almeida
Maria Inez Porto Queiroz
Maria Luíza Chacon
Maria Tereza Vieira Lopes
Mariana Donner
Mariana Figueiredo Pereira
Mariana Silva da Silva
Marilene
    Desbessel Luersen
Marina Farias Martins
Marina Lourenço
Mateus Magalhães
Mateus Marques
Mateus Torres
    Penedo Naves
Matheus Picanço Nunes
Mauro Paz
Mikael Rizzon
Milan Puh
Milena Martins Moura
Miriam Fatima
    Bratfisch Santiago
Natalia Timerman
Natália Zuccala
Natan Schäfer
Nelson Luersen
Odylia Almacave
Otto Leopoldo Winck
Paula Maria
Paulo Ricardo
    Pereira e Alves
Paulo Scott
Pedro Cunha Gonçalves
Pedro Franceschini
Pedro Torreão
Pietro A. G. Portugal
Rafael Mussolini Silvestre
Renata Corrêa Job
Ricardo Kaate Lima
Roberta Magalhães
Roberta Stubs Parpinelli
Rodrigo Barreto
    de Menezes
Rodrigo Cabral De Melo
Rosa Gabriella Gonçalves
Samara Belchior da Silva
Sergio Mello
Sérgio Porto
Sílvia Saes
Soraya Abdalla Mhamed
    Maihub Manara
Tadeu Andrade

Thais Cristina Martino Sehn
Thais Fernanda de Lorena
Thais Ribeiro Gomes
Thassio Gonçalves Ferreira
Thayná Facó
Thiago Rosinha Reis
Tiago Barbosa da Silva
Tiago Moralles
Tiago Pedruzzi
Tiarles Macedo Rodeghiero
Uba e Jesus
Valdir Marte
Vinícius Santos
Vinícius Stein
Weslley Silva Ferreira
Wibsson Ribeiro
Wolney Vitor Luersen
Yvonne Miller
Zenaide Holweg
    Machado Fim

PUBLISHER Leopoldo Cavalcante
EDITOR-CHEFE André Balbo
REVISÃO Marcela Roldão
DIREÇÃO DE ARTE E CAPA Luísa Machado
FOTO Carlos Donaduzzi
COMUNICAÇÃO Thayná Facó
PROJETO GRÁFICO Leopoldo Cavalcante
ASSISTÊNCIA EDITORIAL Nelson Nepomuceno

© da edição Cachalote, 2024
© do texto Paula Luersen, 2024
© da foto Carlos Donaduzzi 2024

Todos os direitos reservados. Nenhuma parte desta obra pode ser reproduzida, arquivada ou transmitida de nenhuma forma ou por nenhum meio sem a permissão expressa e por escrito da Aboio.

Grafia atualizada segundo o Acordo Ortográfico da Língua Portuguesa de 1990, que entrou em vigor no Brasil em 2009.

Dados Internacionais de Catalogação na Publicação (CIP)
Aline Graziele Benitez — Bibliotecária — CRB-1/3129

Luersen, Paula

   Notas rotas / Paula Luersen. -- São Paulo : Cachalote, 2024.

   ISBN 978-65-83003-15-7

   1. Contos brasileiros. I. Título.

24-241820   CDD-B869.3

Índices para catálogo sistemático:
1. Contos : Literatura brasileira

[2024]

Todos os direitos desta edição reservados à:
ABOIO EDITORA LTDA
São Paulo — SP
(11) 91580-3133
www.aboio.com.br
instagram.com/aboioeditora/
facebook.com/aboioeditora/

[Primeira edição, dezembro de 2024]

Esta obra foi composta em Adobe Caslon Pro.
O miolo está no papel Pólen® Bold 70g/m².
A tiragem desta edição foi de 300 exemplares.
Impressão pelas Gráficas Loyola (SP/SP).

A marca FSC® é a garantia de que a madeira utilizada na fabricação do papel deste livro provém de florestas que foram gerenciadas de maneira ambientalmente correta, socialmente justa e economicamente viável, além de outras fontes de origem controlada.